주영목의 '夜月시집' 1

세상에서

가　　장

달 콤 한

커피타임

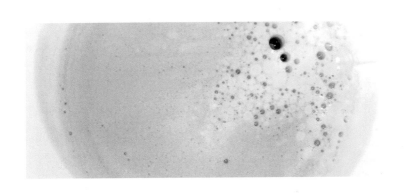

맑은샘

주영목

1961년 3월 16일 생
중앙대학교 예술대학 문예창작학과 졸업
2010년 시, 2011년 수필 당선
대필, 운문 전문 사이트 〈글짱 www.glzzang.com〉 운영

夜 月

밤에 뜨는 달은
와 저래 슬퍼노?

그 옛날, 에덴의 중앙(中央)
희한한 도둑질 있어
달은 견고한 증인(證人)이었다.

돌고 도는 역사의 수레바퀴
인육(人肉)과 피와 탄식은
바퀴가 즐겨 찾는 양식이어라.

밤에 뜨는 달은
와 저래 슬퍼노?

'자랑'은 입술에 고리라도
썩지 않는 희망은 하나 없어라.
어화 둥둥 어화 넘차 둥둥

밤에 뜨는 달은
와 이리 좋노?

좋은 소식의 왕국(王國) 열매
하늘 아래 퍼져 나가니
달은 졸지 않는 증인이구나.

밤에 뜨는 달은
와 이리 좋노?

달 거울에 비친 땅은
새로운 왕국의 영토
새 달같이, 새 땅같이

달아 달아 밝은 달아
높이 높이 돋아서
말하렴, 너의 증인됨을!

차례

내 사랑을 아시나요?

내 사랑을 아시나요? 그러니까, 10여 년 전 광명(光明)의 어느 아파트에서 그분을 처음 만났답니다. 내 사랑을 아시나요, 풋과일처럼 풋풋했던 나의 첫사랑을? 부모 몰래 만나는 사랑이었습니다. 아는 사람이 볼세라, 눈치 챌세라, 우리는 우리만의 장소에서 만났지요. 그분이 나를 알고 나도 그분을 알게 되었을 때에 우리는 서로의 사랑을 확인하였습니다. 높음이나 깊음이나 죽음이나 생명이라도, 하늘의 천사들까지도 나의 사랑에서 그분을 갈라놓을 수 없음을 확신하였을 때에 나는 모든 사람들에게 그분을 소개하였지요. 온 세상 앞에서 나의 사랑을 자랑스럽게 알렸습니다. 아, 내 사랑을 아시나요? 나의 사랑 이야기를 들어보세요!

움직이는 조명 아래, 아가씨의 아름다운 손끝에서 흘러나오는 '행진곡'의 감미로운 선율은 없었습니다. 구라파의 왕실 근위병 모습을 한 소녀들의 축하 행진도 없었지요. 너무 쓸쓸하지 않냐구요? 아, 아니랍니다! 왕실 근위병도, 행진곡의 감미로운 선율로도, 날름거리는 촛불의 긴 혀로도 나의 사랑을 그분에게 올바로 알릴 수는 없답니다. 우리만이 아는 언어로 사랑의 편지는 그분의 가슴속으로 전달되었습니다. 아, 나의 사랑은 이렇게 시작되었습니다!

사랑, 사랑, 내 사랑을 아시나요? 사랑보다 더한 사랑이 있다면 그 사랑에 대해 말하겠습니다. 나를 몰래 엿본다면 내가 사랑에 빠졌음을 금방 알아차릴 것입니다. 그분의 이름을 듣는 것만으로도 나의 가슴은 설렙니다. 그분이 하는 말은 내 귓전에 날아와 앉는 나비처럼 매혹적이지요. (나비를 연구하는 것은 내 즐거운 일상이 되었습니다) 그분이 기뻐하는 모습을 보는 것은 내가 받고 싶은 가장 큰 보상입니다. 내 사랑을 아시나요? 내가 사랑에 빠졌다고 흉보아도 좋아요. 내 사랑을 시기하지 마세요. 너무 부러워하지도 마세요, 너무 부러워하는 것은 시기하는 마음이 될 수 있으니까. 당신도 사랑하세요. 기회가 당신의 집 문을 두드릴 때 그 사랑을 놓치지 마세요.

나는 그분의 사랑만큼 사랑할 수 없어요. 나의 사랑은 그분의 사랑에 절반도 못 미쳐요. 나는 그분을 알고서 사랑했지만, 그분은 내가 알기 오래오래 전부터 나를 사랑하셨어요. 그분의 사랑은 너무 커서 백두산의 높이로도 잴 수 없고, 그분의 사랑은 너무 깊어서 스올 밑바닥까지라도 모자라지요. 그분의 사랑은 너무 많아서 바다만 한 됫박으로도 담지 못해요. 그분의 사랑보다 더 큰 사랑이 있다면 나는 그 사랑에 복종하겠어요. 누가 그분의 사랑에서 나를 갈라놓을 수 있을까요? 나는 그분의 사랑을 사모하지요. 그분의 사랑은 나의 사랑을 사랑해요. 그분의 사랑이 나의 사랑을 사랑하기에 나는 그분의 사랑의 크기를 느낄 수 있어요. 그분의 사랑의 깊이를 느낄 수 있어요. 사랑의 분량을 느낄 수 있어요. 내 사랑 안에서 사랑하는 그분의 사랑을 알 수 있어요, 넉넉히……

　내 사랑을 아시나요? 누구는 '얼굴 없는 사랑'이라고도 말한답니다. 그분의 얼굴을 보지 못했어도 나는 그분을 잘 압니다. 내 눈앞에 서 있는 나무보다도, 10년 전에 산 만년필보다도, 그리고 지금 이 글을 읽고 있는 당신보다 10배 100배나 더 그분, 아, 내 사랑, 그분을 더 잘 설명할 수 있으니까요!

봉사의 기쁨

1

꽃에서 꽃으로
잎에서 잎으로

부지런함은
벌의 영광이요

꽃의 꿀은
꽃의 영화(榮華)로다.

앉았다 간 자리
찾을 수는 없지만

어느새 열린 열매
벌의 발자국

2

집에서 집으로
마을에서 마을로

타는 열심은
전도인의 영광이요

온유한 특성은
듣는 이의 생명이다.

왔다가 간 자리
흔적은 없지만

어느새 자란 믿음
전도인의 발자취

거미줄과 민들레 씨

작은 화단
거미줄
한 줄

민들레 씨가
건드렸다

솔?

미?

활의 진동은

크로이첼?
'追想'일까?

거미도 바다하는

먹잇감

배냇손이 줄을 잡고
엄마 꽃 보는 데서
바람을 타고 부리는
마지막 재롱

먼 데 가도 잊지 않을 거야
땅에 떨어지면
엄마 닮은 꽃이 될 거야

선(線)에서 음표 떨어지면
너의 소리
오랫동안 그리울 거야

알펜로제의 피신처

알펜로제의 피신처는 알프스 산맥에 있답니다.

새들도 쉬어 간다는 높은 곳

바람이 횡포하는 곳이랍니다.

매서운 바람은 온기(溫氣)를 빼앗고

공기와 흙에서 습기를 빼앗고는

뿌리를 잡아당겨 생명까지 뽑으려 합니다.

알펜로제의 피신처는 바위틈이랍니다.

지면에 바짝 달라붙은 덤불 속에 숨어 있지요.

바위는 바람을 막고 물기를 보존합니다.

뿌리가 잘 퍼져서 단단히 박히게 하지요.

알프스 산맥을 타고 올라가면

육중한 바위가 굳게 선 모습을 보게 된답니다.

순하게 생긴 귀중한 생명이

바위틈을 배경으로 안겨 있습니다.

갈라진 틈에 귀를 대면

오래전부터 항상 흘러온 듯이

물 없는 땅에 흐르는 시냇물 소리가 들릴 겁니다.

해마다 여름이 되면, 알펜로제는
자신의 피신처를 새빨간 꽃으로 물들입니다.
바위의 봉사에 대한 감사의 표현인지 ―

陽村 풍경

〈첫 이미지〉

텅 빈 논에 널려 있는 쇠똥 무더기들
춘삼월에 나올 새싹을 위한 맛있는 양식인가?
봄꿈 안고 뛰어오르는 여유로운 날갯짓이여!

〈이미지 둘〉

널려 있는 나무토막인 양 열중(熱中)하는 기러기 떼
추위의 끝자락에 박힌 뿌리를 체온으로 덥혀 주는가?
사람들아, 올해도 풍년 들거든
기러기의 온정(溫情)을 생각하여라!

〈이미지 셋〉

누가 쓰는 글씨인가, 어디서 배운 글씨인가?
창조주의 붓 가는 글씨로다!

하늘은 은반처럼 돌고 땅은 관중(觀衆)처럼 흔들리니
멀리 선 인공(人工)이 부끄러워 키를 낮추는구나!

아름다운 것, 아름다운 것, 오늘만 같아라!

낙원까지

1

형제야! 사랑하는 형제야!
우리가 서 있는 곳이 어딘지 아는가?
지평선 상에 어렴풋이 보이더니
어느새 방 문턱 앞에 선 낙원!
두 손을 뻗어 문턱을 더듬어 보자.
무엇이 만져지면 그 감촉을 따라가 보자.
어린아이가 이끄는 젊은 사자의
부드러운 갈기가
그대의 손 안에서 미끄러지는가?
병드는 일이 없는 기쁨이
느슨한 주먹을 움켜쥐게 하는가?
의인들로 채워지는 땅의 서랍마다
그대의 눈을 웃게 하는가?

2

수천수만의 형제들아!
우리 서로 두 손을 맞잡아 보자.
혼자서는 곧잘 넘어지더니
그대의 손을 잡고 배운 걸음마!
혹시 넘어질지라도
일으켜 주는 손이 있어 두렵지 않네.
부디, 눈을 높이 들어 하늘을 바라보렴!
우리에게는 품어야 할 푯대가 있으니
손을 들어 허공을 치는 것같이 하지 말자.
눈을 떠도 감은 것처럼 보이는
우리를 손짓하여 부르는 낙원까지
잡은 손 놓지 말고 가자 가자 가자꾸나.

3

형제야, 오늘도 인내하는 우리 형제야!
고난을 통하여 인내를 배우니
인내는 고난이 맺은 예쁜 열매구나.
형제야, 독촉 받는 희생을 두려워하지 말자.

예로부터 희생은 여호와께 드리는 것.
살피고, 살피고, 또 살피자.
희생이 없었다면 우리도 없을 것이니
'야'께서 먼저 희생하심으로
우리를 이 자리에 있게 하였다.
모든 사람이 꾸는 꿈은 같으나
모두가 얻지는 못하는 낙원!
매운 고추처럼 고난은 잠깐 인내하게 하지만
곧 웃음으로 빛나는 얼굴이 되어
외양간을 뛰쳐나온 살찐 송아지처럼 땅을 찰 것이라.
억제할 수 없는 기쁨으로
낙원 땅을 밟고 다닐 것이라.

4

형제야! 예수의 피로 맺어진 형제야!
옛날을 기억하자, 태초의 샘에서 길어 먹던.
오는 곳을 알 수 없는 바람을 맞아
우리는 바람에 실린 향기에 이끌렸으니
어미젖을 찾는 송아지처럼 킁킁거렸다.
그 향기는 얼마나 사랑스러웠으며

그 맛은 얼마나 취할 만하였던가!

우리는 혹시 잊을지라도

우리가 빨던 젖꼭지는 기억한다

순수한 사랑과 간절한 열망, 힘차게 빨던 힘을!

가자, 처음 사랑 그대로

때 묻지 않은 여백을 간직한 채

요 문턱 너머 낙원까지.

일곱 가지 색의 무지개

빨강, 노랑, 초록은 에덴동산의 색깔
색동옷 입은 낙원이었다

주(主)를 거역한 결과로
아름다운 동산 집을 잃어버렸더니

노아의 날, 방주의 그날까지
불순종은 사람이 먹는 양식이었다

초록이 물속에 잠긴 모든 날 동안
방주 안에서 올린 기도가 몇 번이던가?

파란, 비 개인 하늘에 걸린 무지개는
여호와께서 구름 속에 두신 약속

남은 자들에게 하신 말씀을 따라
지금의 인류가 생산되었다

보아라, 의인(義人)의 자손들아
무지개처럼 고운 '야'의 친절을!

인천 대공원記

대공원의 코스모스는 때 일찍 찾아오더라
'벌써 가을인가?' 싶은 화장을 하고
'아직 여름인가?' 싶은 옷을 걸치고서
카메라의 시선을 잡는 데는 꽃을 따를 것이 없더라
나 역시 가을을 의심하면서
꽃 속에서 여름의 그림자를 밟고 있었다

아름다운 것은 꽃만이 아니더라
코스모스 같은 늘씬한 몸매도
색조판에 짜놓은 듯한 꽃잎은 없지만
가을 하늘은 눈으로 보기 아까울 만큼 아름답더라
구름에서 실을 뽑아 하늘에 나무를 꿰매던
한 마리 바쁜 새도 그렇게 말하더라

아름다운 것은 하늘만도 아니더라
입술의 열매를 드리고 돌아보는 순간
망막을 때리듯이 달려드는 노을!

여호와의 웃음처럼 잔잔히 번지더라

입술은 열매를 맺기에

하늘보다 아름다운 노을이 있더라

참된 생명

어머니도 낳고, 할머니의 할머니도 낳았습니다.
어머니도 다닌 학교, 할머니의 할머니도 다녔습니다.
어머니도 결혼하고, 할머니의 할머니도 하였습니다.
어머니도 늙고, 할머니의 할머니도 늙었습니다.
어머니도 죽고, 할머니의 할머니도 죽었습니다.
어머니도 울고, 할머니의 할머니도 울었습니다.

아이가 태어나는 것은
학교를 다니기 위해서인가요?
학교를 다니는 것은
결혼하기 위해서인가요?
결혼을 하는 것은
아이를 낳기 위해서인가요?
아이를 낳는 것은
늙기 위해서인가요?
늙는 것은
죽기 위해서인가요?

죽는 것은
울게 하기 위해서인가요?

어머니의 품에 안긴
갓난아이의 얼굴은
나를 웃기기도
울리기도 합니다.

가을抒情

나는 보았지 -

가을이 오는 거

쥐똥나무 울타리 사이로

바끄러이 내밀던 얼굴

차마 들어오지 못하고 머뭇거리는 사이

날카로운 가을 햇살을 맞아

봉숭아꽃이 되어 올라오는 거

여름의 흔적을 없애고 싶어

구석구석 쓸고 다니는 바람!

열린 주머니로 꽃잎이 흘러내리는 거

나는 들었지 -

가을이 오는 거

포도밭에서, 배밭에서

표정을 지워 버린 사람들의 숨 고르기

논을 이발하는 콤바인의 고독한 소음

문 풍지 테이프를 찾는

얇아진 지갑이 배고파하는 거
마당을 쓸고 다니는 바람이
살짝 뀐 방귀가
폭음이 되어 가슴에 떨어지는 거

가을을 넘어…

길에 떨어진 단풍잎은
가는 가을의 발자국인가
오는 王들을 예비하는가

한 해의 끝자락에서
바람이 나무를 때릴 때마다
공중으로 軍馬 달리는 소리

백마 타고 오는 王이 있어
겨울의 냉기를 밟으면서
땅의 왕들을 호령하는구나!

하얗게 평정된 세상 너머
봄의 눈부신 낙원으로
나의 傳令을 보내야겠다

가을 감상법

가을이 그대를 떠난다 해도
슬퍼하지 마오.
7월의 찌는 더위를
이겨 낸 상(賞)이려니……
상은 잠시 설렘으로 지나가는 것.
겨울이 오고
정월의 눈 시린 추위를 만나면
가을의 기억은 잊어버릴 것이오.
단풍을 줍는 여린 손놀림은
아름다움을 넘어 애절한 몸부림이오.
사진첩에서, 책갈피에서 잠시 머물다가
작은 흔적을 남기고 망각 속으로 사라진다오.
단풍이 있던 자리는
이제 오염된 곳이라오.
가을의 한 부분을 담아 머무르게 하면
오래된 거울에 비친 얼굴처럼
새벽에 낙엽을 쓰는 청소부의 주름진 얼굴처럼

사람들이 도시로 떠나 텅 빈 시골집처럼

가을은 그대에게서 기쁨을 앗아 간다오.

가을을 머무르게 하지 마오.

책갈피에 끼인 은행잎은 더는

가을을 알리지 못한다오

들은 듯 만 듯한 옛날이야기처럼

부도난 수표처럼 버려질 날을 기다린다오.

상을 타는 아이인 양 설렘을 즐길 것이오.

감동은 잉태된 아기처럼 살아 있는 것.

시간의 흐름도 박동의 기억을 없애지 못한다오.

한 해의 인내가 너무 멀어 보인다 해도

노랑 빨강 흔적이 여전히 있을 때에

새 거울에 비친 신부의 얼굴처럼

새벽에 낙엽을 쓰는 청소부의 휘파람 소리처럼

돌아온 사람들로 시끌벅적한 시골집처럼

열매가 가득한 가을의 설렘으로 돌아와서

그대는 기뻐 어쩔 줄 몰라 할 것이오.

커피, 그리고 가을

자판기에서 나온
300원짜리 커피

호흡하는 듯
하얀 김을 뱉고

살아 있는 듯
온기를 전달한다

맑은 눈 아래
웅크린 고동색 生物

기다림의 긴 시간이
컵 속에 녹아들고

사랑도 미움도 질투도
시간 속에 알알이 박혀 들고

하늘을 돌다 지나간 새의
알 수 없는 흔적도 녹아든다

지친 눈길은
커피 잔에서 멀리 벗어나

땅과 땅 사이에서
소경의 지팡이처럼 헤맨다

바바리코트의 뒷모습은
잔에서 점점 멀어지는데

기다림이 끝난 生物은
하얀 입김을 내지도 않고

사체처럼, 시체처럼
몸의 온기도 식어 있다

바싹 마른 낙엽 하나가
공중을 맴돌다가

컵 속에

떨어졌다

행복한 종

나는 종이라서 행복합니다.
세상이 먹고사는 문제로 신음할 때에도
하라시는 일을 열심히 행하면
주인이 먹을 것을 주시기 때문입니다.

나는 종이라서 행복합니다.
세상에 제 땅 1평 없는 사람들이 많아도
임명받은 일을 충실히 돌보면
주인이 쉴 곳을 주시기 때문입니다.

나는 종이라서 행복합니다.
눈에 보이는 옷들이 다 내 것은 아니라도
주인의 부르심에 기쁘게 달려가면
내 입을 옷을 주시기 때문입니다.

나는 종이라서 너무 행복합니다.
세상에 종살이하는 사람이 많지만

나를 위해 아들까지 주셨으니

주인을 섬기는 나는 행복한 종입니다.

둥근 빵

바람에 날리는 빵 봉지처럼
세상을 뒹굴었지
공허한 마음을 채울 길 없어
터진 몸뚱아리를 움켜쥐었을 때
바람은 나를 세차게 때리며
아득히 먼 곳으로 가라 했지
여호와께서 낚아채지 않으셨다면!
연구와 묵상은 둥근 빵을 만들고
빈 봉지는 채워졌다네
따뜻한 봉지 안에서
빵은 자라고
먹어도 먹어도 다하지 않는
마음의 양식이 되었지
주어도 주어도 줄어들지 않는
사람들의 양식이 되었지

詩를 날리면서

여호와의 증인이 쓴 詩
세상을 뚫고 들어가면
무너진 동굴 속을 비추는
한줄기 빛이 되어
생존자를 찾아라
애타게 출구를 찾고 있는

빛이 비추는 무수한 먼지들
100년을 두고 쌓여
만들어진 또 한 사람!
생명력을 얻어 일어설 때에
출구를 찾아 나오라고
오늘도 내일도 詩를 날린다

60, 61년 生

지금 하는 아르바이트 일에도 감성(感性)의 바늘 끝이 숨어 있다
긁히면 아련히 먼 기억을 불러일으키는…… 신용 카드를 배달하는
일인데 어떻게 생각하면 좋지 않은 일 같기도 하고 사람들이 카드를
마구 쓰도록 부추기는 일을 돕는 것이 될 테니까 카드 한 장에 귀한
생명을 버리는 일도 있지 않은가? 하긴 내가 거기까지 염려할 필요
는 없겠지

가랑비 사이로 빠져나가는 봄날의 민들레 씨처럼 눈앞에서 공중
으로 피어오르는 것이 있다 60 61년 生을 만날 때마다 '반갑구나!'
나의 일방적인 속 인사에 알았다는 듯이 짧게 눈웃음친다 까만 교
복을 입고 까만 교모를 썼는데 모자 가운데 달린 〈中〉자 노란 마크
가 햇빛을 반사한다 젊디젊은 모습 덜 익은 앳된 모습이다

기계의 소음이 얼음장처럼 온몸을 찍어 눌러도 그는 쓴다 60 61
로 시작하는 주민번호를 사막의 모래 바람에도 무작정 진군하는 독
일 전차처럼 모스크바에서 퇴각하는 허기진 패잔병처럼 깔깔거리며

볼펜을 돌리던 손가락은 기름에 까맣게 절어 있다 떡가래처럼 뭉툭한 모양이 되어 그의 성긴 머리에서 대머리의 예고편을 보는 듯하다

그래 그때는 저렇지 않았지 고등학교를 졸업하자마자 가르마를 선명하게 타고는 기름을 발라넘긴 머리로 나타나지 않았던가? 그의 환한 얼굴은 주변을 밝게 비추지 않았던가? 겨울 아침의 찬 공기에 눌린 쇠붙이 사이에서 하얀 입김을 내보내면서도 얼른 수령증(受領證)을 받아 적는다 얼어서 잘 나오지 않는 볼펜을 꼭꼭 눌리면서 60 61로 시작하는 주민번호를

돈이 궁하던 참이라 기다리고 있었나? 까만 교복 시절에 몸에 밴순종하는 태도인가? 불순종의 시대에 와서 더욱더 도드라지는구나! 운동장을 달리며 소리 지르던 맑은 얼굴에도 머리에도 하얀 털이 듬성듬성 자리를 잡고 잘 웃지 않는다 가장 바쁘게 움직이면서 오래된 고무처럼 질겨 보이는 피부는 표정을 움직이는 시간조차도 아까와하는가 보다

깨끗한 사무실에 앉은 대표이사 아줌마도 60 61로 시작하는 주민번호를 쓴다 귀엽고 밝은 얼굴이 표정 없는 얼굴로 바뀌면서 잃어버린 얼굴이 된다 키보다 높이 공중을 빙빙 돌다가 땅에 떨어지는 빵봉지처럼 찢기고 잃어버린 모습으로 이 자리에 내려앉아 있다 누군

가 집어 들어 휴지통에 버려 주기를 기다리는지…… 가슴에 꼬옥 품고 있던 달콤한 맛의 빵은 어디로 갔을까?

사사무실의 이쪽 혹은 저저쪽에 고공장의 소음을 오온몸으로 마막으면서 주주부의 새앵기 어없는 어얼굴로 밥 냄새로 찌찌든 시식당에도 작은 가가게에서 크은 가게로 다시 가게로 가가게로 가게로 바밥 달라고 우울부짖는 개 농장의 조오븐 통로에서 찌찢겨진 모습으로 여여기저기 채여 터터진 모모습으로 잊혀지고 이잃어버린 모습으로 어어제도 오오늘도 내애일도 세월의 나이테를 세세고 있다다 이 세에미 끝날 때때를 기기다리면서 저엉말로 기기다리면서

이마를 구겨 넣은 주름살 두렁에 걸터앉아 세월이 낚시를 한다 구름을 쓰고서 바람을 입은 세월은 눈동자 샘에 낚싯줄을 던지고 미끼로 몸을 감춘 바늘은 쫓아다닌다 돈다발을 입에 문 물고기를 쉴새 없이 눈 속을 휘젓고 다니는데 시간이 흐를수록 말 없는 입에서는 드라이아이스보다 더 차가운 한숨이 온종일 새어 나온다 아니 뿜어져 나온다

운동장에는 아이들의 발길이 끊겼다 교실마다 웃음소리가 사라졌다 마지막 수업은 점심을 먹고 시작되었다 40대쯤 되어 보이는 한 사람이 ― 무표정하지만 매우 낯익은 얼굴과 머리에는 하얀색이 진

(陣)을 치고 말라서 딱딱해진 떡가래 같은 손가락과 왼쪽 가슴에 '대 표이사' 명찰을 달고 있는 – 학생들을 향하여 숨넘어갈 때의 비명처 럼 소리를 질렀다

"여러분은 지금 꿈을 꾸고 있는 겁니다 … 10년 후에는 반드시 꿈 에서 깨어날 겁니다!" 그래 꿈에서 깨어난 사람아 움직여라 움직여 라 계속 움직여라 다시 잠들지 않기 위하여 깊은 잠 속으로 떨어지 면 더 예쁘고 더 밝은 얼굴로 더 많이 웃을 테지만 이제 그것이 생 각하고 싶지 않은 두려움이 되어 묻어 두는 것은 꿈꾸고 있었다는 '비밀'을 알아 버렸기 때문이다

지금도 수령증을 건넬 때마다 애써 꿈꾸지 않으려는 사람들을 보 지만 그는 움직인다 빨리 더 빨리 세상에서 가장 빠르게 움직이는 벌(罰)인 양 봄에 깨어나 주린 곰처럼 오늘도 내일도 먹을 것을 찾겠 지만 가을의 스산한 바람이 정강이를 걷어차고 한없이 떨어지는 기 온이 마음을 꽁꽁 얼어붙게 할 때에 꿈에서 깨어나듯이 현실에서 깨 어났으면……

받아쓰기

불러 주는 대로
받아썼습니다

불러 주는 대로 받아쓰다 보니
내 생각을 쓰고 싶어집니다

내 생각을 써 내려가는데
중간에서 막혀 버렸습니다

막힌 곳을 뚫다가
반나절이 지나가 버렸습니다

요리조리 머리를 굴리다가
꼬박꼬박 졸기 시작합니다

오후의 나른한 햇살 아래
꾸는 일장춘몽(一場春夢) —

편안한 의자인 양

그 시절에 안겨 있습니다

목상동 노란집

솔숲은
'노란집'을 먹는다

솔숲 입구에
'노란집'이 있으면

'노란집'은
솔숲을 안아 시원하다

솔숲은
'노란집'을 먹어 따뜻하다

일흔한 살 먹은
경상도 성주 할머니의

가을날 떨어진 솔가리처럼
넉넉한 얼굴

'목상동 노란집'에 도착하면
커피 향처럼 상큼한 공기

장독대 위에서
도시의 피로가 졸고 있다

2001. 3. 18.

꽈배기 과자 봉지

나뭇가지에 꽈배기 과자 봉지가 걸려 있다
꼬이고 꼬이고 꼬일 대로 꼬인 꽈배기
뱃속이 훤히 들여다보이는데
꼬인 창자만큼이나 불편한 자세로
인상을 구기면서 걸터앉아 있다

나뭇가지에 꽈배기 과자 봉지가 앉아 있다
"달콤한 조청이 … 간식에 좋습니다"
더 단것도 덜 단것도 다 비운 빈 봉지
채우고 채우려는 욕망의 급류(急流) 위에서
머리를 흔들며 슬피 굽어보고 있다

밤 비

비가 온다
장마까지는 아직 날이 있는데
오늘부터 오는 비가
한 사흘은 온다고 한다
창문을 열면
빗줄기는 보이지 않고
소리에 맞춰 밤은 깊어 가는데
저기, 어둠이 뻥 뚫린 창으로
빛이 터질 듯 고여 있다
어둠을 한줌 움켜쥐고
마음의 발을 걷으면
어느새 건너온 빗줄기
젖고 싶어라, 밤이 새도록!

비 내리는 날의 풍경

비 내리는 날
똑똑똑

처마에서
똑

떨어지는
빗방울

집 안까지 똑똑
울리는

노크 소리
똑똑똑

물방울들이 만나
반갑게 나누는

똑똑똑
'희망' 이야기

많은 말에
흠뻑 젖은

똑똑
우산 둘

노을

산 꼭지에 걸린 노을
한 바가지 퍼다가
쭈욱 들이키면
마음이 젖어
일편단심 되리니 –

또 한 바가지 퍼다가
앞마당에 뿌리면
나의 왕이 있어
내 집을 찾아
주저 없이 들어오시리니 –

A coffee break

손끝에 걸린 點
點은 바다에 떨어지고
섬이 되어 융기한다
달콤한 생각들이
다 고인 고동색
별을 헤기에
가장 좋은 섬
마지막 한 방울
혀끝에 떨어질 때
생애의 마침표처럼
아쉬움만 남는다

집회로의 초대

여기에 방이 있습니다. 도처에 흩어져 있지만, 사람들은 볼 수 없는 방입니다. 모든 사람들에게 열려 있지만, 낯을 가리는 본성이 있어 어떤 사람들의 눈에는 자신을 감춘답니다. 나는 방의 주인인 양자리의 맨 앞줄로 걸어가서, 높으신 분의 초대를 받은 손님처럼 단정한 자세로 앉겠습니다.

방에 사람들이 살고 있네요. 모든 사람의 이웃이긴 하지만, 세상의 일부는 아니랍니다. (혹, 외계인을 상상하지는 마세요) 이웃을 사랑하지만, 생각을 가리는 본성이 있어 그들처럼 생각하고 살아가지는 않지요. 1914년 그 찬란한 가을에 시동(始動)했던 시곗바늘이 가리키는 방향을 따라 나의 생각을 맞추겠어요.

이런! 곤충이나 짐승이 내는 소리도 아닌데, 사람들이 알아듣지를 못하는군요! 누구나 배울 수 있는 언어지만, 마음을 가리는 본성이 있어 어떤 입술 앞에서는 비껴간답니다. 나는 언어의 교사(敎師)로서 모두의 연인이자 영원한 외국인처럼 사람들 앞에 서 있겠어요.

방은 사람들을 하얗게 씻깁니다. 흔히 보는 물 같지만 세상에서는 구할 수 없는 물이랍니다. 인류의 행렬은 이 물을 지나쳐갔지만 마시지는 못하였지요, 몸을 담그지도 못하였지요. 본래 장소를 가리는 본성이 있어 방 밖으로 넘쳐흐르지 않는답니다. 나는 매일 금붕어처럼 물속에서 살고 있어요.

　방의 향기, 물의 향기를 맡아 보아요. 마음을 끄는 그 향기를 따라 먼 여행을 떠나 보아요. '정확한 답'처럼 방은 당신 앞에 항상 있을 거예요. 찾는 모든 이 앞에 활짝 열려 있을 거예요. 큰 소리로 혹은 낮은 소리로 웃으면서 당신을 바라볼 거예요. 나는 그 옆에 문지기가 되어 당신을 환영하겠어요.

꽃사과

꽃사과가 떨어진다.
여름의 뜨거운 열기를 이겨 내고
비와 바람의 시련 가운데에서
아름다운 꽃을 피우고
탐스러운 열매를 내어 보였거늘 −
한뿌리에서 양식을 얻고
함께 크는 즐거움에 행복하더니
늦가을의 스산한 바람이 훑어
사방으로 흩어지는 꽃사과!

이제 헤어지면
언제 다시 만날꼬 −

분 수

떨어지지 않으리
떨어지지 않으리
총으로 쏘아 올리듯이
날아오른 비상(飛上)의 환희
항상 내려가는 미끄럼이지만
역행(逆行)하는 엔진을 달고
저기, 물 고인 하늘로 미끄러졌다네
상승하는 짜릿한 감동이여!
외침은 자랑스레 주위로 퍼진다 -
정점에 선 떨림은
쾌감에 짓눌린 몸을 가눌 길 없어
내동댕이친다. 공중의 높은 자리에
몽롱한 정신으로 드러누울지라도
군화처럼 온몸을 밟는 전율은
그래도 떠 있어야 할 이유를 알리는
값비싼 '자긍심'이다
올라가고 싶다

더 올라가고 싶다

온몸으로 받는 시선을

포기할 수 없어 흘리는 눈물인가?

존재의 모습을 따라

부인할 수 없는 존재를

저 많은 눈들에 심어 주었거늘

깊은 잠 속에 빠지듯이

많은 물속으로 떨어질 때

아, 잊혀지겠지, 없었던 듯이!

忠

마음의 中心을 열어 보니
선명히 보이는 두 글자
'앞에 것'을 '뒤에 것' 위에 올려놓으니
마음이 좋아하며 손뼉 치네

너의 고향은 마음의 한가운데
변두리에서 나지 않았다
온갖 유혹이 네 위에서 놀지언정
마음의 깊은 곳, 中心을 꼭 지켜라

풍경 5題

1. 잠자리

잠자리의 빨간 꼬리는… !
알 듯 모를 듯한 고갯짓에
내 마음은… ?

2. 물고기

거울같이 맑은 물속에
잘 생긴 물고기의 얼굴
말하는 듯이, 생각하는 듯이

3. 아가

아가의 얼굴은 낙원 거민(樂園居民)의 얼굴
눈 코 귀 입이 서로 미워하지 않고
함께 따라 웃는 작은 심포니

4. '예솔이'가 있던 자리

'예솔이'가 있던 자리는요 –
흘린 물, 밥풀, 과자 부스러기가 좀 지저분하지만
허용된 자유는 어른들도 부러워하지요

5. 목련

잠 못 이루는 밤에 문을 열고 나가
걸음마다 생각을 밟고 걸으면
목련은 나를 보고 '하얗게 밤을 새자' 하네

밤을 잊은 사람처럼 뜰을 거닐면
생각을 좇아 걸음은 새벽을 맞고
자줏빛 얼굴이 웃으면서 '미안하다' 하네

비눗방울의 꿈

비눗방울이 올라온다.
어깨를 흔들며
공중의 문(門)을 향해
머리를 기웃거리면서
'꿈'의 액체를 담은
투명한 용기처럼.
방울은 커질 대로 커지지만
채울 공간이 너무 넓구나!

비누 거품이 올라온다.
새파란 동그란 그릇 안에
예순 억이 보글보글
밀치고 비집고 삼키면서
1cm를 다투는데…
아, 왜 몰랐을까!
머리를 조금 들어 올릴 즈음
사라지고 마는 것을

하늘에 쌓은 보물

하늘에 쌓은 나의 보물은
얼마나 될까?
이만큼일까?
요만큼일까?
이따만큼일까?

'야'는 기뻐하실까?
안타까와하실까?
서운해하실까?
내가 보이는 데서
보물이 부끄러워할까?

하늘에 쌓은 나의 보물을
바꿀 수도 있다면
더 예쁜 것
더 깨끗한 것
더 영양가 있는 것으로

하늘에 쌓은 보물을

볼 수 있다면

무릎을 꿇고

그것을 가리키며

"제 것"이라고 할 수 있을까?

짐 승

방문 앞에 짐승이 있다.
방문 앞에 짐승이 앉아 있다.
거룩한 책은 불빛 아래서 빛나고
나의 머리는 솜털처럼 부드러워지는데
방문 앞에 짐승이 보고 있다.
너는 옛적의 뱀의 모습을 닮았고
황제의 보좌를 감아 오르던 자 같구나.
1914년, 출산하는 남자를 삼키려고
너는 임부(姙婦) 옆에 서 있었다
똬리를 틀고 혀를 날름거리면서.
땅에서의 모든 전쟁에서 패할 줄 몰랐는데
단 한 번 하늘의 전쟁에서 완패하였고
벌레 먹은 낙엽처럼 땅으로 떨어졌다.
너의 커다란 분노의 홍수는
땅거죽을 강바닥으로 만들었다.
홍수는 모든 것을 물어 삼킬 것 같았고
땅의 가장 높은 산 외에는 모두 잠겨 버렸다.

가엾은 땅은 너의 분노를 감당할 수 없어

매일 신음하고 주야로 고통당하면서

에덴으로 돌아갈 길을 찾고 찾지만

그룹과 화염검이 지키고 있는 그 길을

더듬어 찾아내기에는 너무 어려워 보이는구나!

동산의 한쪽에 집을 지었던 그 뱀처럼

자기의 좋은 거처를 떠났던 그 뱀처럼

방문 앞에 짐승이 있다.

방문 앞에 짐승이 앉아 있다.

뱀의 본래 습성을 거슬러

여자 앞에 다가갔던 당돌한 뱀처럼

붉은빛 짐승이 나를 노려본다

증오와 살의의 독을 품고서.

짐승이 일어선다.

날름거리는 혀에는 핏빛이 녹아 있다.

나는 잠시 머리를 숙인다.

열린 창밖에는 수많은 별들이 와글거리고

노란 달이 창틀을 징검다리 삼아

뛰어올라 어깨에 계급장처럼 앉는다.

하늘에서 오는 답신은 정신에 깃대처럼 꽂혔다.

방은 사방이 열렸고, 극장처럼

극장의 무대처럼 하늘과 땅에 공개되었다.

승리의 비결이 있는가?

나에게는 승리의 비결이 있다!

3500년 묵은 보검(寶劍)이 나를 지켜 줄 것이다.

칼은 대대로 잘 보존되었고

시간이 흐를수록 더욱 예리해졌다.

양날은 방어와 공격용인데

안 보이는 것도 정확히 꿰찌를 수 있다.

뱀아, 짐승아, 내 눈에 보이지 않을지라도

너의 생각과 의도를 도려낼 수 있으니

네가 껑충 뛰어오르기 전에

쌍날칼이 발등을 박으리니

1cm도 땅에서 떨어지지 못할 것이라!

너는 발등을 움켜쥐고 몸을 굴리면서

나무 아래서의 성공을 그리워하겠지.

동산의 과실들이 아무리 많다 해도

훔칠 만한 것은 가운데에 단 두 그루

낯선 음성은 여자의 귀를 훔치고

이성(異性)의 목소리는 남자의 영혼을 훔쳐갔다.

날 때부터 털린 채로 태어나는 우리

털린 것도 모르고 빈 껍질로 살아간다.

방문 앞에 짐승이 있다, 오늘도.
방문 앞에 짐승이 움직인다, 조금씩.
쌍날칼은 불빛 아래서 빛나는데
나의 머리는 솜털처럼 부드러워진다.

내가 두려워하는 건가?
이봐, 네가 떨고 있는 거지!
나 아닌 네가 두려워하는 거야
나는 너를 만난 적이 없지
본 적도 없어
못난 네 마음, 세입자 같은 마음이
자기를 숨기고 싶어하는 거야

여호와께서 내 손을 잡지 않으셨다면
여호와께서 나를 안지 않으셨다면
수백 번도 넘어졌고말고
수만 번도 엎어졌고말고

꼽추에게

꼽추가 길을 갑니다
길은 70~80리는 될 것 같습니다

멀고 머~언 시간을
6000년을 걸어왔건만

광야에서 방황하는 이스라엘처럼
70~80리 안에 갇혀 버렸습니다

무거운 혹은 밑으로 빠져, 철판인 양
가슴팍을 마구 두드리고 있습니다

꼽추의 이마에서 땀방울이
핏방울이 되어 뺨을 타고 흘러내립니다

꼽추의 머리에서 모락모락 나는 김은
많은 향의 연기처럼 하늘로 올라갑니다

실험실의 예리한 칼날도
혹을 쪼개지는 못하였고

권투 선수들의 무시무시한 주먹질에도
혹은 터지지 않았습니다

10000배의 가공(可恐)할 망원경 위에서도
1/10000의 희귀한 시력 아래서도

금강석처럼 자신을 굳게 잠그고
군중 앞에 선 예수처럼 입을 열지 않았습니다

혹 주위에는 하데스의 구더기들이
썩은 살을 다 먹고 생살을 물어뜯고 있습니다

누가 꼽추를 사랑할 수 있을까요?
누구도 꼽추를 미워할 수는 없지요!

나는 꼽추를 정말 사랑합니다
꼽추를 미워하는 만큼

꼽추의 등에 가만히 손을 가져가면
북극의 솟아오른 빙산이 보이고

빙산에 갇힌 매머드의 저주스런 탄식이
거부당한 아이처럼 아래로 밀려나옵니다

"내 아버지는 죄인이었지요
아버지는 나를 심었어요
아버지는 나를 거두었어요
수채에서 나온 마늘처럼

내 어머니는 죄인이었지요
어머니는 나를 잉태하였어요
어머니는 나를 낳았어요
찌그러진 빵틀에서 나온 것처럼"

나는 꼽추를 꼭 껴안았습니다
꼽추의 차가운 혹이 가슴을 치더니

등을 뚫고 튀어나왔습니다
칼날이 가슴을 꿰뚫은 것처럼

나는 허리가 꺾이고 무릎이 휘어졌습니다
꼬부랑 할머니처럼 길 위에 서 있습니다

괴롭고 외로운 이 길에서는
70~80리도 먼 길처럼 보입니다

겨울이 가면 봄이 오듯이, 나의
구출자가 있어 등을 어루만져 주시면

6000년의 눈물이 한꺼번에 쏟아지듯
북극의 빙산이 녹아내리리니

싸리문을 열고 나오는 것처럼
매머드는 축축한 땅을 밟고 나올 것입니다

나는 허리를 펴고 하늘을 이고서
자유롭게 땅을 둘러보기도 할 것입니다

교각(橋脚)처럼 곧게 뻗은 두 다리는
70~80리보다 훨씬 더 멀리

영원까지라도 마다하지 않고

한 걸음 한 걸음 걸어갈 것입니다

기다림

당신이 오신다고 해서 기다립니다
열여덟 해 전에 '오신다'고 하신 말씀
시간이 지날수록 간절해지는데
기다리기도 전에 이미 와 계신 것을
아, 몰랐습니다!
이것이 '기다림'인 줄은!

어느 이방인의 詩

나는
하나

둘이 만나면
2분의 1

셋이 만나면
3분의 1

넷이 만나면
4분의 1

다섯 만나면
5분의 1

여섯 만나면
6분의 1

일곱 만나면
7분의 1

여덟 만나면
8분의 1

아홉 만나면
9분의 1

.

.

.

혼자가 못 될 바엔
많을수록 좋아

자화상

언제라도 그 자리에서
나를 볼 수 있는
그런 사람이 되고 싶다.
누구라도 그 자리에만 가면
나를 만날 수 있는
그런 사람이 되어야지.

나타났다 사라지고
사라졌다간 나타나는
투명 인간의 유치한 요술
빈자리는 나에게 굴욕이요
나를 사랑하는 이들에게
지울 수 없는 상처를 남기는 것.

언제라도 누구라도
바로 그 자리에서
나를 보는 것이

쉽지는 않겠지만

내 마음이 죽을 때까지

그런 사람으로 살아야겠다.

절벽 위에서

여호와를 처음 안 순간부터
당신은 나의 하느님이시니
다른 신을 섬기지 않았습니다.
좁고 비좁은 길을 걷노라면
수많은 불빛들이 눈을 어둡게 하고
여자들의 집게발 같은 음성은
내 귀를 세차게 잡아당기지만
나의 발은 당신의 발목에 접붙였고
두 팔은 당신의 강한 목에 채워졌는데
당신의 공의와 한량없는 사랑이
내 마음을 몽땅 털어가 버렸습니다.
이제 또 한 차례의 시련이 있고
나는 절벽 위에 서 있습니다.
발밑의 풀은 닳아 없어졌고
익숙한 풍경에 그나마 마음이 놓이는데
하늘에도 땅에도 산에도 없고
산봉우리를 가리는 얄미운 구름 속에

당신은 얼굴을 감추고 계십니다.
사방이 고요하고 하늘도 없는 듯이
풍경은 무대 앞에 선 관중이요
당신은 드라마의 주인공이 되었습니다.
메마른 계곡은 엎어졌던 자리에서 일어나
구름을 잡아 벗기듯이 아래로 치닫고
산 위에서 큰물 내려오는 소리
대포 소리처럼 쩌르렁 울리는데
내 눈은 무대의 정면에서 비키지 않고
기다립니다, 당신의 화려한 등장을!

젖은 마음

깊은 밤, 어둠에 갇혀 버렸지
한낮의 기억도 흐릿하고
새벽의 희망마저 멀어질 때
작고 깜깜한 방 안에서
내 마음을 잃어버렸다
어느 구석진 곳에서 굴러다닐
마음을 찾아 온 방을 헤매었다

벽이 산처럼 막아서고
천정은 철판처럼 짓누를 때
신음은 간절한 기도가 되었지
바닥에 고인 눈물만 한
'야'의 주머니 속에서
보았다, 그 속에 보관된
나의 젖은 마음

인 내

당신은 그 자리에
　그대로 있을 것입니까?
어떤 자리냐구요?
밤새도록 폭풍우가 몰아치는 자리
거대한 바위가 불도저처럼 내려와
땅을 쓸면서 다가오는 자리입니다.
유혹은 사과나무의 빨간 열매처럼
세상에서 가장 달콤한 목소리로
당신의 귓전을 핥을 때에
당신은 지금 있는 그대로
　그 자리에 있을 것입니까?
알지 못하는 손이 그대의 허리에 띠를 띠고
원하지 않는 곳으로 데려갈 때에
당신은 계속 그 자리에
　서 있을 것입니까?
처음부터 그 자리는 아니었지만
이제는 한 짝 신발처럼

그대의 '위치'가 되어 버린 '자리'

여러 가지 표정으로

서로 다른 모양으로

수많은 목소리로 나타나서

당신을 잡아당기고 밀치더라도

저 거친 산 너머에

들꽃으로 피어 시들지 않는 '희망'은

그대의 가슴속 그 자리에

그대로 있을 것입니까?

단풍을 보며…

1

봄눈 내려
얼고 녹아
내민
얇은 손바닥

눈을 맑게 하는
동정심이었다
새들도 차마
비켜 앉을 만큼

산을 덮은 '초록'은
뒤로 물러나서
꽃의 얼굴을
식혀 주곤 하였다

2

빨강, 노랑은
초록이 낳은 기적!
손바닥이 빨개지는
가장 긴 박수 소리

산(山)만 한 크기의
가장 큰 꽃송이
잎들의 큰 잔치에
꽃들도 자리를 내주는구나

산 꼭지 한 점 불씨는
계절로 발화(發火)되어
활활 타올라라
온 세상 삼킬 듯이!

길

이 길 끝에는 무엇이 나올까?
길에 있지만 가는 길을 알지 못하네.
발등에 등불을 비추고나 가 볼까!
멀리 비추는 불빛은 밝지만
짧은 거리를 내디딜 적마다
이 길이 '야'의 길이기를
진정 그분이 안고 가시기를
아이를 낳는 마음으로 기도했다.

오늘은 시(詩)를 한 편 쓰고 싶다
성전(聖殿)에 올라가는 다윗의 마음처럼…….

2002. 9. 8. 이사 날을 이틀 앞두고

'짐'의 노래

여호와께 내 짐을 두었더니
내 손이 닿지 않는 곳
그분의 어깨 위에라네
짐을 간절히 찾아 구하고
뜬눈으로 밤을 새워 지키며
마음을 다해 가슴을 졸였지
하늘에서 다정한 소리 있어

"네게 없는 짐으로 고생이구나
처음부터 네 짐을 맡았으니
너는 그것을 진 적이 없다
네 것을 돌려줄까마는
기진할까 봐 내가 계속 지노라!"

내 짐을 여호와께 두었으니
가장 먼 날의 날까지
도로 찾지 아니하리라

본성(本性)이 나 몰래 짐을 찾아오다가
길을 잃고 울고 있구나
나는 보았지, 부끄러워 숨는 거!
마음에서 사랑으로 익힌 말 있어

'보채듯이 달라 하네
타이르시니 또 배운다네
짐을 내맡기는 법을'

문수산에 사는 새

문수산에 올라갔다, 새가 우는 소리를 들으러
문수산에 올라갔다가 내가 울고 내려왔다
새가 새처럼 우는 소리를 듣고서

문수산에 올라갔다, 새의 노래 소리를 들으러
문수산에 올라갔다가 내가 울면서 내려왔다
새가 새처럼 노래하는 소리를 듣고서

새가 새처럼 울고 새가 새처럼 노래하니
나도 나인 것처럼 나를 흉내 내어 보았네
새가 새가 되고 내가 내가 되어 노래할 때까지

얼굴

너의 첫 울음 소리는
봄날의 햇살보다 더 밝았고
지나가는 행인들의 미소 띤 얼굴은
개화(開花)하는 꽃봉오리보다 더 친근하였다
너의 희고 까만 눈은
해와 달의 차이만큼 맑고 선명하였고
그것을 바라보는 엄마의 행복은
너만을 위해 살아 있는 사람 같았지
네 눈이 보았던 그 얼굴은 볼 수 없건만
… 거울 앞에 한 노인이 서 있다

친구를 따라가고
더 많은 친구를 모으고
친구처럼 되는 것이 나의 목표였다
발에 밟히는 것은 다 놀이터가 되고
눈에 보이는 것이 다 재미있는 놀이였다
집 밖에서 더 많은 재미를 발견한 나에게는

웃고 떠들고 지절거리고

치고 박고 달리기도 하고

때리며 싸우다가 울음을 터뜨리고

무궁무진하게 펼쳐지는 일상의 모습들이

콜럼버스의 발견보다 더 좋아 보였지

그 많던 얼굴들이 언제 다 흩어지고

… 거울 앞에 한 노인이 서 있네

오후의 따사로운 햇볕 아래, 그대의

얼굴에는 옅은 기미가 끼어 있었다

그대의 얼굴은 아침 하늘의 태양 같고

눈빛은 서쪽 하늘을 달구는 노을 같았지

떨리는 손이 마침내 그대의 손을 잡고

'첫 뽀뽀'라는 월척을 낚으면서

그대는 나의 품으로 걸어 들어왔다

둘을 섞어서 하나가 되고 싶을 만큼

영원히 풀지 말자고 낀 팔짱 뒤로

우리에게 모아졌던 수많은 시선들

그 너머의 세상은 진한 보랏빛을 띠었었건만

… 거울 앞에 한 노인이 서 있다

출산은 또 다른 행복이었다

부모의 마음을 알 수 있는 기회였다

닮은꼴 작은 얼굴이 나를 응시했다

그것은 야누스의 두 얼굴이었다

지는 해와 뜨는 해가 한집에 살았다

우리의 부모도 그러하였으리라

밀물은 또 다른 밀물에 쓸려 나갔다

부모가 양보하지 않으면 아이들은 클 수 없다

우리가 놀던 자리에서 아이들이 놀고 있었다

우리가 싸우던 자리에서 아이들이 싸우고 있었다

우리의 부모도 그러하였으리라

우리는 동그라미 밖으로 밀려나고

어느새 아이들이 그 안에 있었다

아, 거울 앞에 한 노인이 서 있네!

뭔가를 처음 본 것처럼 외면한 자세로

한 노인이 서 있다 거울 앞에

'나'를 찾지 못하여 당황하는 모습으로

거울 앞에 서 있네 한 노인이

자기를 보고 놀란 사람처럼

한 노인이 거울 앞에 서 있네

기대한 것이 보이는 '내'가 아닌 것처럼
서 있네 한 노인이 거울 앞에
사기당한 듯이 배반당한 듯이
아, 거울 앞에는 한 노인이 서 있네!
오른손에서 핏방울이 뚝뚝 떨어지는데
깨진 거울 앞에 한 노인이 서 있네!

노인과 성서

한 노인이 걸어갑니다.
곁에서 부축하는 아이도 없이
구부정하게 절뚝거리면서.
갈 데 없는 뇌(腦)는 밖으로 나와
하얀 기침을 하면서 주위를 훔쳐봅니다.
옛 시인의 글에서처럼
나에게 돌인들 무거울까요?
대신 져 줄 수 없는 짐은
노인을 부리는 악한 주인처럼
나의 동정심을 비웃습니다.

누구나 예상할 수 있지만
아무도 생각하지 않는 그 시절이
어느 날 도둑처럼 찾아옵니다.
이제 노년은 나의 짐일까요?
나의 머리에도 아몬드 꽃이 필까요?
주인이 하신 선한 말씀에 따라

잠시 본 환상처럼 사라져 버릴 것입니다.

당신의 손으로 만드신 것이

"아주 좋았다!"는 말씀은, 노년에

나를 버텨 주는 힘이 됩니다.

세 월

예전엔 몸이 나를 따라다녔다.
가는 길마다, 하는 일마다
몸이 나를 받쳐 주었음에
조금도 부족함이 없었다.
생각은 곧 완성되었으니
매일 발을 씻는 손처럼
몸이 나를 섬겨 왔다.

이제 내가 몸을 섬긴다.
점점 깊어 가는 병은 — 아담 병(病)
어머니의 자궁에서 감염되었다.
생각주머니는 간절하여도
질투심 많은 여자처럼 드러누운
허약해진 몸이여!
몸이 자기를 돌보라고 한다.

먼 데 있는 벗에게

따뜻한 알처럼 내 안에 들어와 자리 잡은 벗!
날아가는 신발처럼 그대는 바다를 건너갔다.
B-29의 연기처럼 그대의 흔적은 남아 있는데
마음이 그린 그림, 누가 막을쏘냐?
대륙의 차가운 고기압이
봄날의 황사風에 위로 밀려나면
바다 밑에 잠자던 많은 물고기들이
어부의 손맛을 찾아 올라오리니.
반도(半島)의 봄은
대륙에서 건너오는 먼지로 시작된다.
모든 사람들은 먼지를 미워하지만
먼지 알갱이에 묻은 '그대'를 맡으면서
반도의 어부들이 기뻐한다네!
먼지는 숨결처럼 연약한 떨림이 있고
스스로 앉을 자리를 찾기도 힘들지만
바다 건너 그물 찢어지는 소리는
그 속에 '야'의 능(能)이 있음이여!
'야'의 힘이 있음이여!

주인의 도구

주인에게 사용되는 도구는
가장 안전한 곳에 있다
주인의 손바닥 안에
아무도 빼앗을 수 없는 곳

주인에게 사용되는 도구마다
가장 높은 곳에 있다
주인의 손바닥 위에
누구의 손도 닿지 않는 곳

도구는 주인을 사랑하고
사랑하는 만큼 질투하니
사용되기를 바란다
사용하기를 기뻐하는 분에게

손때가 묻은 도구는
주인의 냄새가 몸에 배여

그분의 손이 찾기 쉬운 곳

그 자리에 걸려 있다

이 길로 걸으리

사탄의 미소가 세상의 아름다운 것이 되어 나의 눈길을 훔
　칠지라도
아들의 생명으로 내 영혼을 사신 여호와의 사랑으로
나는 타협하지 않으리 타협하지 않으리 타협하지 않으리

저 건너편 천만금의 보화가 내 가난한 껍질을 벗길지라도
피투성이 젖먹이 적에 물었던 어머니의 젖꼭지를
나는 배반하지 않으리 배반하지 않으리 배반하지 않으리

세상의 유독한 공기가 나의 코앞에서 진(陣) 칠지라도
떨리는 다리를 버티고 굽은 걸음을 펴는 여호와의 능력으로
나는 약해지지 않으리 약해지지 않으리 약해지지 않으리

그림자처럼 변하는 세상의 무대 위에서
꽃잎처럼 시드는 배우의 모습이라도
나는 변하지 않으리 변하지 않으리 변하지 않으리

사탄의 불화살이 내 심장에 꽂힐지라도

'이것이 길이다, 이리로 걸어라'

나는 이 길로 걸으리 이 길로 걸으리 이 길로 걸으리

아내가 병원에 입원한 날

아내가 병원에 입원한 날
나는 혼자가 된 기분이었지
'짠'하고 '휑'한 가슴이
하마터면 울먹일 뻔하였지
밥해 줄 사람이 없어서일까?
혹시라도 시술이 잘못……?
혼자 살아가야 할 걱정 때문일까?

아내가 병원에 입원하던 날
하늘은 시커메지고
번개가 땅을 때렸지
천둥이 야수처럼 달려들고
폭우는 망막을 덮어 버렸지
적군들이 지붕을 밟아 내리는 소리
조수석의 빈자리가
오늘 너무 커 보였어

아내가 병원에 입원한 날
나는 홀로 된 것 같았지
그런 상상을 해 보았어!
20여 년을 함께한 자리에서
하나가 없어지는 것보다는
아내가 병원에 있다는 사실에
큰 위로를 받았지

딸에게

하얀 종이에
마침표를 찍었다.
아직 문장을
끝내지 않았는데 –

생각의 크기를 따라
점(點)은 커지고
커진 점은 분화(分化)되어
문자(文字)를 낳으리니

한 달의 맑은 첫날처럼
문장을 이어가는
힘 있고 차분한
시작점이 되었으면 –

거물대 斷想

거물대 앞마당에

밤이 찾아왔다

검정 비닐 걷은 밭에는

마늘들이 앉아 공기놀이하고

매화의 우아한 곡선마다

사마귀처럼 눈이 돋는데

뽀얀 불빛이 쥐똥나무 울타리에

이른 봄 서리를 얹어 놓았다

막 피어난 개나리는

불빛을 받아 색을 숨기고

물함박, 터져 나오는 잎눈 달고

하늘을 뒤지며 별을 찾는구나!

드라마 '토지'의 봉선이가

아편을 맞아야 했던 이유는…

'서희'의 외길 인생역정은

끊긴 필름 되어 돌고 도는데

10여 년 만에 들은

늙으신 막내 이모부의 목소리가

드라마에 없던 배경 대사(背景臺詞)되어

하나씩 떨어지는 돌처럼

가슴을 깨물더니

살 속으로 파고든다

인생은 뒤집고 파헤치고

바닥까지 갈아엎어 보아도

허무(虛無)의 시작, 허무의 끝!

허무의 높은 벽 앞에서 주저앉는다

하늘에 반짝이는 불빛이 두 개

이 어두운 하늘조차 눈부셔

아름다워 죽을 지경이니

저기는 여호와께서 계시는 집

모든 빛을 낳은 아버지이다

내일은 허무한 것에 굴복하지 말라고

벽을 뛰어넘는 디딤돌로

아들을 보내어 죽게 하셨으니

진정 감사하고 또 감사할진저!

천 년이 오고 만 년이 간다 해도

허망하게 무너지는 인생

다시 다시는 오지 않게 하소서!

아내에게FROM THE NEW WORLD

아내가 잠에서 깨어납니다.

백향목 향기가 간밤에 아내의 콧속으로 들어가서

몸 안 구석구석 홀씨를 뿌려 놓더니

생명의 꽃이 되어 잠든 피부를 깨우면서 피어납니다.

담요가 잠옷을 비비는 감미로운 촉감은

아내의 단잠을 더 깊게 하였습니다.

새근거리는 아내의 숨소리는

밤을 향하여 내는 유일한 음성 -

"쉿! 조용히 해! 차렷! 열중 쉬어!

그렇게 아침까지 있는 거야!"

아내의 피부는 매끄러운 차돌 같고

도톰한 입술은 사랑을 나누는 부부 같으며

감은 눈은 야자나무가 심겨진 모래언덕 같습니다.

야자나무 끝에 묻은 하얀 먼지는

길 잃은 바람이 걸어 놓은 표지(標識)랄까요?

적은 빛으로도 분명히 보이는 '오늘'의 특징입니다.

창으로 쏟아져 들어오는 햇살은

낙원(樂園)의 환영단처럼 줄을 지어 들어와서는

공손하게 밤새 안부를 묻습니다, 첫날밤이 어땠느냐고.

한쪽 벽 전체는 자수정이 붙어 있고, 거기에서

얇고 투명한 비단이 길게 뿜어져 나옵니다.

영롱한 그물처럼 온 방 안에 펼쳐집니다.

마치 아내가 바다 속 용궁에서 잠자는 인어인 양

그 인어를 사로잡으려는 것처럼 –

아내의 눈꺼풀은 아직 모래로 무겁습니다.

서랍처럼 조금 열리다가

눈동자가 굴러 나오기 전에 얼른 닫혀 버립니다.

여태 옛 추억에 잠겨 있는 걸까요?

검단 사거리의 붕어빵 장수를 기억해 내는 걸까요?

아내는 예솔이를 배에 담고 있었고

붕어빵은 예솔이의 주된 양식이었습니다.

아내가 붕어빵을 구워 낼 때마다

태중의 아이도 잘 익은 붕어빵이 되어 갔습니다.

여름을 뺀 세 계절 동안

아내가 여호와를 계속 섬길 수 있도록

붕어빵은 자기를 팔아 주었습니다.

아내의 닫힌 눈꺼풀이 떨고 있습니다.

모래언덕이 무언가에 흔들리고 있습니다.

모래가 옆으로 흘러내리고 있습니다.

눈동자가 어디론가 방향을 찾는 것 같습니다.

'양촌(陽村)'인가요, '월곶'인가요?

'대곶' 쪽인가요, '통진(通津)' 쪽인가요?

월곶이라면, '서원 팰러스'를 찾는 게 맞을 겁니다.

아내는 여러 해 동안 거기에서 일했습니다.

프라이팬을 페퍼로 문지르는 일은 쉽지 않았지요.

팔도 손가락도 아프고, 한쪽 다리도 아팠지요.

매일 계속되는 잔업(殘業)은, 아내를

가족에게서 멀리 떼어 놓는 것 같았습니다.

경제가 어려웠던 그 시절에, 아내는

나와 함께 사는 대가를 톡톡히 치렀습니다.

다리에 붙였던 그 파스의 열기(熱氣)를

아내는 지금도 기억할까요? 아마도 기억할까요?

아내는 배시시 웃으면서 자리에서 몸을 일으킵니다.

늦잠을 잔 까닭에 좀 부끄러운 걸까요?

흑운모를 깐 바닥으로 아내의 발이

두 마리 하얀 비둘기처럼 내려왔습니다.

아내는 걷기 시작합니다, 느릿느릿 거위처럼.

비교적 짧은 아내의 다리가

학처럼 우아하게 길어질 날을 기대합니다.

방문을 열고 문지방 앞에 선 아내는

턱을 사뿐하게 뛰어넘습니다, 십자매처럼.

이제 침대에서 보았던 아내의 모습은 온데간데없습니다.

현관으로 이어진 통로에서, 아내는

병아리들을 지키려는 암탉처럼 달려갑니다.

노란색 긴 잠옷이 발에 밟힐 뻔하였지만

아내의 잰 걸음을 멈추게 하지는 못하였습니다.

서로 부리를 비벼 대는 잉꼬 한 쌍처럼

사랑의 폭탄을 가슴에 안고 있지만

아주 조금만 더 기다려야 하지요.

수다쟁이 앵무새처럼 할 말이 많지만

"아!" 하는 한마디밖에 할 수가 없습니다.

출구를 찾은 공작(孔雀)은 재빨리 걸음을 옮겼습니다

그것이 침대에서 내려온 유일한 목적인 양.

현관문을 열어젖혔을 때

아내의 눈은 더 많은 말을 하고 있습니다.

아내의 입은 더 많은 것을 보고 있습니다.

눈부신 햇빛이 만들어 낸 신기루처럼

신세계가 끝없이 펼쳐져 있습니다.

거룩한 기록 속에서 보았던 설계도대로

신세계는 아름답게 건설되어 있습니다.

거대한 생물처럼 신세계는 드디어 활동하는데

아내는 무대에 선 초대 가수가 되어

하늘의 조명과 새들의 반주를 받으면서

여호와께 드리는 찬양의 노래

감사의 시(詩)를 노래하기 시작했습니다.

신세계가 끝이 없듯이 끝이 없을 것처럼

낙원의 막이 내려올 때에야 내려올 것처럼

아내야, 건강한 꽃사슴 같은 나의 아내야!

눈을 높이 들어 저 하늘을 보렴 –

조상들을 통해 알려진 탄식할 사연들

모두 잊고 노래하는 저 새들을 보렴 –

모든 것을 잃었다지만

잃은 것 이상을 가진 것은

너를 예까지 데려오시고

너를 지고 가실 여호와 –

큰 요새 안에, 큰 방패 뒤에 있기 때문이다.

아내야, '야'의 딸만 한 나의 아내야

아내야, 아브라함의 딸만 한 나의 아내야

노란색 긴 잠옷이 어울리는 나의 아내야

네가 보는 것은 네가 원했던 것

네가 원한 것이 '야'의 마음에 있으니

아무도 빼앗을 수 없는 곳에 있다.

보려무나, 영원토록 소유해 갈 신세계를!

두 배로 사랑하지 않을 수 없는 우리의 집!

너의 첫걸음이 영원을 헤아려서

(너는 아침마다 보는 나의 거울 같은 아내란다)

너의 사랑스런 모습이 영원토록 내 눈앞에 있어라!

꿈에서 본 "예수"

꿈을 꾸었지, 마음을 비유로 그려 놓은
나사로의 누이 마리아의 벗이 찾아오셨네!
꿈속에서는 다행히도 꿈꾸는 줄 몰랐었지

밤하늘을 오려다가 바닥에 깔고
봄 햇살을 베어 내어 창문에 걸고
앞마당에는 은하수 한 뼘을 옮겨 놓았네

아름다운 분의 입술 아래로
그분의 무릎을 베개 삼아
꿀 송이보다 달콤한 말씀을 받아먹었지

밤이 오면 달과 별들이 집을 밝히고
봄 햇살이 커튼처럼 방 안으로 물결치면
시간의 흐름은 은하수의 깊은 곳으로 빠져 버렸지

이제 그분의 무릎에는 80살의 얼굴이

센머리와 거무스름한 뺨의 한 노인이
행복한 미소를 지으면서 힐끗 나를 바라보았어

그분의 무릎에는 세월의 풍화 작용으로
탈색된 해골이 한쪽 다리를 구부리고 누워 있었어
명령 한마디로 금방 깨어 일어설 것처럼!

꿈은 깨어도 잔상(殘像)은 남는 법
예수의 말씀을 먹던 영원한 시간만큼은
꿈에서 베어 내어 현실로 가져왔으면⋯⋯

무 대

네가 사는 곳은
세상의 중앙(中央)

너의 연기(演技)는
감춰진 상징극이다

성벽도 없고
빗장 지른 성문도 없는데

네가 사는 곳은
세상의 변두리

너의 언어(言語)는
숨겨진 상징시이다

관중은 분노하여
귀를 막고 소리치지만

네가 사는 곳은
극장의 한가운데

의미(意味)를 아는 자는
박수를 치리라!

無

'있던 것'이 없어졌으니
'有'가 '無'가 되었네
있을 때는 계속 있지 못하여
그리도 있고자 하였던가!

하늘에 노래 하나 날려
나의 '있던 것'을 기억하게 할까?
지붕 위에 동상을 세우면
사람들의 시선을 붙잡아 둘까?

노래는 머잖아
유행 따라 잊혀지고
동상을 보는 눈들은
마음에서 멀어지더라

'있던 것'이 없어졌으니
'有'는 '無'가 되고

'無'는 글자의 작은 차이로
한 생(生)을 없애 버렸네

'있는 것'은 여전히 있을 것이고
'있던 것'에 대해 잠시 말하겠지만
그들도 없어지리니
처음부터 '없던 것'처럼!

꽃

(꽃을 칼라로 당겨 낸
흑백의 옅은 배경
꽃의 이름과 모양은
특정하지 않는다)

하나.

내가 심지도 않았는데
예쁜 꽃이 피어 있다
누구의 꽃일까?
누가 보낸 꽃일까?

둘.

꽃이 나를 불렀을 때에
나는 꽃을 알게 되었다
내가 꽃을 불렀을 때에

나는 꽃을 사랑하였다

셋.

내가 꽃이 될 수 없고
꽃이 내가 될 수 없음에
나는 꽃을 배운다
배워서 꽃처럼 살아간다

넷.

내가 사지도 않았는데
내 손에 꽃이 있다
누구의 손에 건네줄까
나를 사랑한 이 꽃을?

그들만의 잔치

1

내가 아는 "그들"이 있었지
세상의 1%를 자처하면서
세상의 99%를 가지려 하였지
그들의 입은 하늘에 붙었고
혀는 온 땅을 돌아다녔지
태산을 국수처럼 말아 먹고
백두산, 한라산을 뭉개더니
후지 산의 머리를 날렸지
혓바닥이 뿜는 뜨거운 열풍(熱風)은
태평양을 말끔히 말려 버렸지
눈은 살이 쪄서 튀어나왔고
눈에 비치는 것은, 마음이 열렬히
상상하는 것 – 폭력, 거짓말, 사기,
음행, 계략, 탐욕의 모든 것이었지
거만함은 목걸이 되어

목을 끌어안고 그네를 뛰었지

높이 더 높이 하늘까지 닿도록

하늘을 찔러 파란 물이 쏟아지도록

불룩 나온 배는 원숭이처럼

골반을 타고 무진 애를 썼지

떨어지지 않도록, 깨지지 않도록

깨져서 똥통이 쏟아질까 봐

쏟아져서 똥물에 빠질까 봐

똥물에 빠져 옷을 버릴까 봐

자랑이 곰팡이처럼 덮고 있었지

그들의 손은 엄마가 준 손이 아니었지

손은 비수가 되어 심장을 찔렀고

갈퀴로 재물을 긁어모았지

뾰족한 삽으로 구덩이를 파고

죽음의 사인을 보내기도 했지

차가운 눈물을 닦아 주던 따뜻한 손은

고서(古書)에 실린 건국 신화처럼

눈길이 피해 가는 상형 문자가 되었지

2

1%의 반란이 성공하면

1%는 99%가 되고

99%는 1%가 된다

1%의 장래를 알고 싶으면

그들만의 잔치에 나가 보아라

얼마나 많은 음식으로 위를 괴롭히는지!

얼마나 많은 불빛으로 밤을 비웃는지!

얼마나 적은 수로 다수를 조롱하는지!

365일 쉬지 않는 잔치에서

그들의 장래를 알게 된다면

남몰래 숨어 눈물을 흘릴 것이다

잔치에 함께했던 어느 젊은이처럼

그가 기혼이었는지 미혼이었는지는 모르지만

그는 연회실 문을 열고 갑판으로 나왔다네

바다의 짠 내가 신선한 공기에 섞여

무뎌진 코를 즐겁게 해 주었다네

그의 구두창이 경쾌한 소리를 내고

달빛이 배의 난간에서 부서질 때

그의 얼굴이 하얗게 질렸다네

찰랑찰랑 난간을 두드리는 물이
안으로 뛰어넘어 들어올 것 같았다네
그는 배 안을 허둥지둥 뛰어다녔지만
아무도 만날 수 없었다네, 살아 있는 사람을
조타수도, 기관사도, 갑판원도, 항해사도
등을 공처럼 구부리고
두 손으로 배를 움켜쥐고는
아사해 있었지, 굶어 죽었다네
눈길로는 연회실을 바라보면서
선장이 (그는 "그들" 중에 포함되었지)
옛날을 기억하며 안간힘을 썼지만
배를 살려 내지는 못했다네
'육지에서 살 적에는 가난했지만
물처럼 흔들리지는 않았지 – '
그들만의 잔치는 계속되는데
젊은이는 남몰래 숨어 눈물을 흘렸다네
다 피우지 못한 청춘을 서러워하면서……

기다림2

기다리고 기다리고 기다리면
현재와 미래도 과거가 되고
애닯던 시절도
한 조각 추억으로 남으리니

기다림이 끝난 자리에는
많은 비가 지나간 뒤에
더 밝고 진한 꽃이
너를 향해 피어나리!

목련2

겨울 외투로
추위를 견뎠지

기도하는 손은
위를 향하고

벌린 입으로
수없이 말하지만

타 들어가는
하얀 혓바닥

세상은 不감당
너의 '순수(純粹)'

시 련

나뭇잎 사이로 떨어지는
햇살을 맞으며 서다.

숲의 풍경이 말을 아끼며
조심스레 바라보는데

멀리 지평선에서 먹구름 한 장이
시련처럼 다가오다.

아아, '믿음'아! '야'를 뵈옵거든
종의 생사(生死)를 전해 다오!

시편(詩篇)

여호와 하느님, 나의 걸음이 위태로우니 꽉 붙들어 주십시오. 무덤처럼 황량한 곳, 위험한 땅을 걸어가고 있습니다. 푸른 풀 한 포기 보이지 않고, 따가운 햇살만 살갗을 파먹는 벌레처럼 온몸으로 달려들고 있습니다. 오, 여호와여! 내가 걷고는 있습니다만, 마음이 걸음을 멈추려고 합니다. 내 걸음이 비틀거리니 당신의 손으로 붙들어 주십시오. 당신의 굵고 든든한 팔로 나의 허리를 안아 주십시오. 당신의 아늑한 품속에서 새근새근 잠드는 순한 양처럼 나는 발바닥에 흙을 묻히지 않으렵니다. 늑대가 눈앞에서 노려보고 암사자가 앞발을 쳐들고 울부짖는다 해도 나는 단잠을 깨지 않을 수 있습니다. 못들은 듯이 아무것도 없는 듯이. 내 귀에 보초를 세워서 시냇물이 졸졸 흐르는 소리와 참새들의 노랫소리, 나뭇잎이 손뼉 치는 소리들만을 귓속으로 들여보내게 할 것입니다. 당신의 부드러운 손길이 나를 깨울 때까지 아무것도 나를 깨우지 못하게 해 주십시오. 오, 여호와여! 내 걸음이 흔들리고 있으니 속히 붙들어 주십시오. 혹시 사탄이 파놓은 함정으로 내 발이 미끄러져 들어가지 않을까 두렵습니다. 사탄은 교활한 사냥꾼, 한 번 빠지면 나오기 힘든 올무를 가지고 주위를 맴돌고 있습니다. 여호와께서 나를 지켜 주시지 않았다면 사탄의 올무가 벌써 내 목을 감았을 것입니다. 네 발을 버둥거리는 사슴처럼 맹수의 입 안에서 숨이 끊어졌을 것입니다. 우는 사자는 그림자처럼 바짝 따라다니지만 나는 자신을 지키기에도 미약한 존재입니다. 오, 여호와여! 병아리가 우는 소리를 들으십시오. 하룻강아지의 슬피 우는 소리를 들으십시오, 새끼 양이 어미를 찾아 부르는 소리를. 엄마의 냄새를 놓쳐 버린 새끼는 불안과 염려로 슬피 울면서 어찌할 바를 알지 못하고 있습니다. 한 걸음을 떼는 것이 그의 생사를 좌우할 수 있기에, 방향을 모르는 쉰 목소리로 제 어미만을 찾고 있습니다. 묵묵히 응시하는 작은 굴(窟)도, 이끼 덮인 바위도, 우거진 수풀도, 심지어 빨간 꽃의 흔들림도 두려운 메시지만 보내는 것 같습니다. 오 여호와여, 나의 하느님이시여! 병아리가 껍질 속으로 다시 들어갈 수 있겠습니까? 자신을 노른자와 흰자위로 변신하고, 고난이 지나갈 때까지 껍질 안에서 숨죽이고 기다릴 수 있겠습니까? (오, 그렇게 할 수만 있다면!) 당신의 자비가 나의 비겁(卑怯)을 포용할 수 있다면! 뒤로 물러나도 당신과의 거리를 더 좁힐 수 있다면! 그러나 당신은 내가 물러나는 것을 기뻐하지 않으십니다. '네가 뒤로 물러나면 내 영혼이 너를 기뻐하지 않는다.' 나는 울고 있지만, 마냥 울고 있을 수만은 없습니다. 우는 새끼 양 옆으로 어미의 얼굴이 나타나듯이 당신의 긴 팔은 어느새 나의 어깨를 감싸고 있을 것입니다. 오, 여호와여! 그리고 보증해 주십시오, 너무 멀리 떨어져 있지 않겠노라고! 아이가 잠결에 손을 더듬어서 엄마를 확인하는 것처럼 당신을 확인할 수 있는 자리에 항상 있겠노라고! 손을 들면 닿는 곳, 잠결에 짓는 나의 미소가 또렷이 보이는 곳, 머리를 돌리기만 해도 부딪치는 곳에, 언제나 어김없이 그 자리에 있겠노라고! 이제 고난이 밤처럼 지나가고 밝은 햇살이 비치는 큰 거리에서 어깨를 으쓱이며 걸어가게 해 주십시오. 가슴을 쑥 내밀고 뒷짐 진 채 걷기도 할 것입니다. 사람들마다 부러운 눈길로 보는 것은, 내 뒤에 없는 듯이 계신 당신 때문입니다. 밤과 어둠이 공개(公開)된 자리에서 도움이 당신으로부터 왔음을 모든 사람들이 알게 해 주십시오. 당신 옆에 선 '이 사람'이 여호와의 숭배자임을 모든 사람들이 알고 부러워하게 해 주십시오. 오, 여호와여! 당신은 나의 걸음이 비틀거리기 전부터 나의 하느님이시니, 나의 걸음을 처음부터 지켜보셨습니다. 아기의 걸음마를 지켜보는 어머니처럼, 넘어질 때에 나를 붙드시는 분입니다.

쓰레기가 열린 나무

APT에 선 나무가 쓰레기를 이고 있다
옛날 옛적 머리에 버짐이 난 아이처럼
멀리서 겸연쩍게 웃고만 있다

APT에 심긴 나무에 쓰레기가 열렸다
공해에 오염에 타락한 양식만 먹더니
만지기도 보기도 뭣한 열매가 열렸다

야생화

너는 꽃 아니면서 꽃인 듯이 피고
잡초 아니면서 잡초인 듯이 자라는구나!
아서라, 누가 너에게 재주를 가르쳐
장미꽃처럼 자랑하게 할까!
두어라, 꽃인 듯이 잡초인 듯이 있는 그대로.

너는 꽃이기에 꽃처럼 꺾이고
잡초이기에 다시 일어서는구나!
꺾이고 일어서고 꺾이고 일어서고
친구 벌레들이 안쓰러워 바라보는데
두어라, 꺾여도 일어서는 모습 그대로.

너는 꽃이면서 잡초 같고
잡초이면서도 꽃 같구나!
꽃이고 싶을 땐 잡초를 생각하고
잡초이고 싶을 땐 꽃을 생각하여라.
너를 만드신 분의 꽃이요 잡초임을 −

잃어버린 밤

밤을 잃어버렸다 사거리의 상점 불빛을 받으면서 종종걸음 치는 지친 다리에는 다음날을 위한 밤이 없다 밤을 잃어버렸다 라이브 가수의 노래를 귓전으로 들으며 그 날의 일상을 잡담으로 풀어 놓는 젊은 얼굴들에도, 연기 뿜는 꺼칠한 입술 주변으로도, 하얀 이빨과 이빨 사이에도 밤이 없다 밤을 잃어버렸다 광적(狂的)으로 흔드는 신체의 곡선 위로 어지러운 조명이 난도질하여도 그 속에 밤은 없다 밤을 잃어버렸다 키 큰 빌딩의 작은 네모 불빛들이 그 너머의 고단한 삶을 속삭이고, 일렬종대의 긴 가로등 행렬이 모조(模造) 태양처럼 빛을 토해 내는데, 그사이로 던져 놓은 나무토막처럼 미끄러지는 자동차의 뒷모습이 보인다 앰뷸런스의 요란한 경광등 아래로 보일 듯 말 듯한 두 바퀴 사이에서도 밤은 없다 밤을 잃어버렸다 골목길로 들어서면, 거인처럼 서 있는 불빛 아래로 밤을 잊은 고양이가 노란 음식물 봉지를 뜯고 있다 유난히 밤이 깊었던 그 자리에서는 버려진 연탄재도, 헝겊 인형도, 생선뼈도 아침까지 편안한 잠을 잘 수 있었다 밤은 골목의 윤곽선도 뭉개 버려서 길을 잘 아는 '아이'라도 조심조심 밤을 달래야 물에 빠지지 않고 돌에 걸려 넘어지지 않고 공중변소의 불그레한 불빛까지 갈 수 있었다 밤은 시장(市場) 골목의 출렁거리는 포장 위에서도, 서로 엉킨 줄이 바람을 비비며 내는 소리 가운데에서도 분명히 있었다 '규정이'의 대문 앞에 서면, 배를 내민 나무 대문이 먹물처럼 어둠으로 번져 가고 모두가 손을 들어 동의(同意)하는 것처럼 밤의 어둠과 깊은 잠 속으로 자신을 잠그고 있었다 '아이'가 밤길을 걸을 때면 골목 어귀에 서 있는 어둠이 모퉁이에서 얼굴을 살그미 내밀고, 처마 끝에 걸터앉아, 양철 간판 위에서, '아이'의 가게 앞 마루 밑에서, 굴뚝 아래에서 움트는 새싹처럼 속삭이곤 했다 "쉿! 조심해, 밤을 깨우지 않도록!" 밤은 잠자리에서도 포근하였다 바람에 간판 흔들리는 소리, 눈보라가 쓸고 가는 소리, 집 어느 구석에서 귀뚜라미 소리, 옆자리에 누운 엄마의 얇은 숨소리…… 이 모든 소리가 얼음에 뿌리는 굵은 소금이 되어 밤의 깊이를 더욱 깊게 해 주었던 밤 밤 밤 밤 밤이 어깨 위로 눈송이처럼 소록소록 내린다 내리면서 쌓인다 공중에서 은가루처럼 뿌려지다가, 골목에서 골목으로 개구쟁이 아이들처럼 '우-' 몰려다니다가, 눈사람처럼 뭉쳐지더니 저만치 앞에서 걸어온다 '쿵쾅쿵쾅' 땅을 울리면서, 어둠을 먹고 자라는 불가사리처럼 밤 밤이다 밤은 잠자는 아기의 숨소리처럼 새근거린다 '아이'는 훌륭한 작가가 되어 노벨상을 받기도 하고 가르치는 일에서 명성을 얻어 교단에서 존경을 받다가, 아니, 고개를 젓고, 자기 어깨에 달린 계급장을 보면서 만족해하는 군인이 된다 흰머리와 수염을 쓰다듬고 그사이로 살포시 미소를 지으면서 과거를 회상하는 노인이 된다 밤은 꿈이 있어서 더 좋다 꿈은 마르지 않는 바다처럼 소재(素材)의 무궁무진함을 자랑한다 밤 밤이다 밤이 왔다 '아이'는 밤의 포근한 품속에 자리를 깔고 더할 나위 없는 안정감을 느끼면서 눈을 감는다 눈을 뜰 때까지의 모든 상황을 밤의 재량에 맡기면서 밤 밤 밤은 그렇게 깊어 간다 밤 밤이다 밤이 왔다 '홈플러스'의 눈부신 불빛 아래에는 밤이 없다 밤을 잃어버렸다 택시 운전사가 승객을 부르는 경적 소리에도, 신호를 무시하고 질주하는 버스의 뒷모습에도, 가방을 멘 학생의 처진 어깨 위에도 밤이 없다 밤이 어디로 갔을까? 어른이 된 '아이'의 신발 속에 누워 있을까? 가로수의 잎사귀 끝에 대롱대롱 매달려 있을까? 지하도의 눅눅한 구석에 얼굴을 파묻고 웅크리고 있을까? 저기 높은 빌딩 꼭대기에서 혹시 낯익은 얼굴이 보일까? 그 얼굴이 아래를 내려다볼까? 솜털처럼 나긋나긋 내려앉던 밤이 놀란 참새 떼처럼 날아가 버렸다 밤의 빈자리 밤이 없다 밤은 어디 있을까? 밤을 잃어버렸다! 밤을 찾을 수 있을까? 사람들 틈에 끼어 걸어가는 밤은 이제 그들에게는 낯선 얼굴이다 밤을 잊은 지 오래된 사람들 뒤에서 밤은 허둥거리며 걸어간다 신호등의 빨간 불이 경고를 발하는데, 밤은 횡단보도 위에서 흔들린다 자동차의 불빛이 빠른 속도로 다가오는데도 못 본 듯이, 안 보는 듯이 머리를 떨군 채로……

67

회 중(會衆)

여기는 나의 집입니다. 몸에 잘 맞는 옷처럼 편안함을 느끼는 곳, 세상에서 가장 안전한 장소입니다. 봄이면 만발한 개나리의 색상보다 더한 아늑함이 있고, 여름의 우거진 녹음(綠陰)보다 더 싱싱한 활기가 있으며, 가을이 자랑하는 결실보다 더 빛나는 열매가 있습니다. 겨울에 내리는 눈송이보다 더 순결한 아름다움이 향기처럼 늘 배어 있는 나의 집이랍니다.

내가 이 집을 사랑하는 것은 주인의 뛰어난 특성들 때문입니다. 능력의 하늘에 떠 있는 무수한 별들. 태양의 뜨거운 열기도 태우지 못하는 하늘색 캔트지의 높이 사이로 울리는 창조의 메아리를 들을 수 있었습니다. 강마다 바다에서 만나지만 넘치지 않는 바다 위에서 지혜의 배는 그 깊이를 알 수 없는 곳으로 닻을 내렸습니다. 그분 앞에서는 나의 외모로 부끄러워하지 않을 수 있었습니다. 자학(自虐)과 부끄럼이 사라지고 용기를 얻자, 나는 서둘러 이 집을 찾아와서 문을 두드렸습니다. 집안의 가장 먼 데서도 분명히 들리도록!

나는 이 집의 손으로 왔지만 이 집은 나의 집입니다. 내가 이 집을 샀다고 하면 이 집은 나의 집이 아닐 것입니다. 나에게는 이 집을 살 만 한 돈이 없기 때문입니다. 내가 이 집을 상(賞)으로 받았다고 하면 이 집은 나의 집이 아닐 것입니다. 상으로 받을 만 한 어떤 일도 할 수 없기 때문입니다. 내가 이 집을 지었다고 하면 이 집은 나의 집이 아닐 것입니다. 이 집을 지을 만큼의 사랑이 나에게는 없기 때문입니다. 이 집은 주인이 나에게 준 선물이므로 나의 집입니다. 주인은 내가 이 집에 머무는 기한을 나의 마음에 맡겼습니다. 내 마음이 원하는 한 아무도 나를 이 집에서 쫓아낼 수 없답니다. 주인과 나의 계약에 따라서 나는 이 집에 영원히 머무를 것이므로 이 집은 나의 집이 되었습니다. 나는 '이 집을 떠나면 이제 어디서 살지?' 하고 걱정할 필요가 없습니다. 아아, 나는 이 집에서 영원히 살렵니다! 영원히 살고자 하는 이 집이 나의 영원한 집이 되기를 바랍니다! 주인과 맺은 계약이 한정 없는 때까지 영원히 지속되는 계약이 되기를 바랍니다!

아 참, 내 소개를 잊었군요! 나는, 나는 그릇입니다. 이 집에 있는 많은 그릇들 가운데 하나이지요. 주인이 그릇을 모으기를 좋아하기 때문에 이 집에는 그릇들이 많이 있답니다. 모양과 용도(用途)에 따라서 각자에게 맞는 자리가 주어진 것이, 이 집은 질서가 잘 잡혀 있는 도시와 같습니다. 무언가에 사용되기를 주저하는 그릇이 있을까요? 잘 준비된 그릇마다 사용되기를 기다리지요. 식사 때가 되어 하얀 밥이 담길 때에 그릇의 행복해하는 모습을 통해서, 나는 사용되기를 기다리면서 잘 준비해 온 그릇의 좋은 결과를 보곤 합니다.

나는 어떤 그릇일까요? 나는 어떤 모습의 그릇일까요? 각자에게 모양과 용도가 있는 것처럼 나에게도 나의 모습이 있을 것입니다. 나는 나의 모습을 본 적이 없습니다. 속눈썹처럼, 나에게 나의 모습은 가려져 있습니다. 많은 그릇들이 사용되기를 기다리면서 오랫동안 자신을 준비해 온 것처럼 나도 사용되기를 기다리며 나를 준비해 왔습니다. 때로는 뜨거운 불 속에서 좀 아팠지만 참기도 했지요. 이제 나에게 가장 잘 맞는 자리가 준비되어 있을 것입니다. 주인은 나의 '용도'를 멸시하지 않을 것입니다. 물건을 더 많이 담지 못한다고 해서 나를 구박하지도 않을 것입니다. 주인은 자신의 손으로 만든 그릇을 사랑할 것입니다. 사용하다가 깨어지더라도 주인은 자신의 손으로 만든 그릇을 능히 고칠 수 있을 것입니다.

여기는 나의 집입니다. 번개와 천둥소리에 아직은 몸을 움찔할 때도 있지만, 밀실(密室) 같은, 어머니 같은, 큰 바위 같은, 여기는 나의 집입니다. 때로는 창으로 바깥세상에서 들리는 소리가 궁금하지만, 아직은 주인이 주는 양식에 배고프지 않은, 여기는 나의 집입니다. 나의 모습이 볼품없을지라도 주인에 대한 봉사를 사랑할 수 있는, 여기는 나의 집입니다. 세상이 아무리 비웃을지라도, 아 나를 사랑하는 그분의 사랑의 한결같은 품속에 누워 단잠을 잘 수 있는, 여기는 나의 집입니다. 처음부터 영원히 살고 싶은 여기는, 여기는, 나의, 나의 집입니다.

68

에필로그
– 봄 봄 봄 보고 싶은 것

다시는 너를 보지 못할 줄 알았다. 텅 빈 벌판에는 차가운 기운이 바람을 일으키며 세차게 밀어 올리는데, 하늘마저 얼어붙어 뿌옇게 변한 눈동자! 속눈썹이 대열을 지어 무심히 스쳐 지나간다. 그들만의 여유인지 능란한 과시인지… 속눈썹은 눈썹만큼 커지더니 곧 사방으로 풀어헤쳐 놓은 머리카락이 되었다가, 수면을 미끄러져 가는 청둥오리 떼로 나타나, 퍼졌다가는 모이고 모였다가는 퍼지면서 주인 없는 눈동자를 유린한다. 눈썹 아래로 하얀 눈물처럼 내리는 눈송이. 수직으로 똑바로 떨어지면서 낙하지점을 찾는다. 폭탄 터지는 소리, 총소리 한 방 들리지 않지만, 인류 역사상 가장 큰 규모의 침투 작전은 온 땅을 겨울 갑바로 꽁꽁 묶어 놓는 데 성공한다. 겨울의 끝은 '희망이 사는 집'처럼 멀어 보이는데, 정복당한 땅에도 봄은 찾아오는가? 미치도록 그리웠던 애인을 만나는 것처럼 마침내 눈앞에 나타날까? 봄은 땅 밑에서 시작된다. 작은 씨눈胚이 소란스러워지더니 연두색 잠망경이 땅 위로 올라와서 두 눈을 내밀고는 땅을 찾아온 거대한 변화를 찬찬히 살펴본다. 물동이를 들고 뿌리를 올라탄 급한 걸음이 줄기를 따라 올라가는 모습을 볼 수 있다면! 지상의 봄은 폭탄 맞은 산수유의 소리 없는 팡파르로 시작된다. 눈은 굳게 닫았던 문을 열고 노란색 연두색 분홍색 가재도구들을 밖으로 내놓는다. 아직은 쌀쌀한 날씨에 봄빛이 바래는데, 인고忍苦의 시간을 참아 내느라 노랗게 뜬 얼굴 ─ 그것도 지쳐서 들지 못하는구나! 분홍빛 얇은 비단 너머로 속살이 비쳐 부끄러운 진달래. 꽃다지와 냉이는 털어 버리지 못한 하얀 얼음 알갱이를 이고 키가 바닥에 닿아 있다. 폭군 같은 아스팔트를 뚫고, 웅크린 잎은 강철 같은 생명력으로 밀어 올린다. 색색의 꽃들의 모양내기에 태양계太陽系가 술렁거리는 봄. 갑자기 자주 찾아오는 방문객 때문에 태양계의 문지방이 다 닳아 버리겠다! 멀리 있어도, 가까이 가지 않아도 들리는 끝없는 이야기, 긴긴 겨울 동안 묻어 둔 이국異國 이야기들. 그것이 듣고 싶어서 봄에는 바람도 그렇게 바삐 움직이나 보다! 베다니에서 온 이야기는 짤막하였다. 그 동네에 살고 있었던 나사로의 이야기였다. 그는 '사람의 아들'이 사랑하였지만 병들어 죽게 되었다. "당신이 여기 계셨더라면 제 오라비가 죽지 않았을 것입니다. 당신은 부르시겠고 오라비는 대답할 것입니다." (봄 봄 봄, 봄을 찾으려고! 봄에 대한 그리움으로) 마르다는 많은 사람들의 위로를 뒤로 하고 예수를 맞으러 달려 나갔지 (이건 봄이 아니야!) 무덤에 가서 울려는 것이 아니었다네. 큰 사람이든 작은 사람이든 높은 사람이든 낮은 사람이든 나사로를 사랑한 사람들이 울며 괴로워하였지 (이건 봄도 아니고말고!) 비탄에 잠겨 가슴을 치고 있었지 (봄은 밝게 웃는 것, 행복해하는 것)

"그를 어디에 뉘었습니까?" "주여, 와서 보십시오." 마침내 예수께서도 눈물을 흘리셨다네 (봄, 봄이 오는 소리! 겨울이 울며 돌아서는 소리) "보시오, 그에게 얼마나 많은 애정을 가지셨는지!" "돌을 치우십시오." (치우시오, 봄이 아닌 것은! 봄은 다 이리로 오시오!) "죽은 지 나흘이나 되었으니 틀림없이 냄새가 날 겁니다." 사람들은 비웃기 시작하였지 (봄을 비웃는 냉기冷氣, 봄을 시새워하는 입술) 자기 입을 아이의 입에, 자기 눈을 아이의 눈에, 자기의 손바닥을 아이의 손바닥에 대고 아이 위로 몸을 굽혔지. 다시 집 안을 이리로 한 번 저리로 한 번 걸었다네. "나사로, 나오시오!" (보시오, 땅 위로 손을 걸친 봄!) 수넴 여자에게 하는 말로 "당신의 아들을 안으시오." 야이로의 딸에게는 "소녀야, 일어나거라!" "그대에게 말하는데, 일어나시오!" (어느새 땅 위로 뛰어올라 앉은 봄!) "그를 풀어 주어 다니게 하십시오." 들을 지나 강을 건너 저 산과 그 뒤의 마을 두세 개를 지나서, 땅이 출산하는 봄, 사람의 봄을 맞아 그를 해방시켜 걸어 다니게 하십시오. 국경선을 넘고 홍해를 건너서 땅 끝까지라도 뛰어 돌아오게 하십시오. 당신이 흘리는 환희의 눈물이 땅에 떨어져 색색의 꽃을 피워 이 날을 장식하게 하십시오.

세상에서
가장
달콤한

커피타임

2016년 12월 06일 초판 1쇄 인쇄 | 2016년 12월 12일 1쇄 발행

지은이 · 주영목

펴낸이 · 김양수

펴낸곳 · 맑은샘 | 출판등록 · 제2012-000035

주소 · (우 10387) 경기도 고양시 일산서구 중앙로 1456(주엽동) 서현프라자 604호

전화 · 031-906-5006 | 팩스 · 031-906-5079

이메일 · okbook1234@naver.com | 홈페이지 · www.booksam.co.kr

ISBN 979-11-5778-173-7 (03810)